LA COURSE À LA MAIRIE

PRESSES AVENTURE INC.
55, rue Jean-Talon Ouest
Montréal (Québec) H2R 2W8
CANADA
groupemodus.com

Histoire d'après l'épisode *Swing Vote,* parties 1 à 4.
© Moose, 2013

Président-directeur général : Marc G. Alain
Éditrice : Marie-Eve Labelle
Adjointe à l'édition : Vanessa Lessard
Rédactrice : Karine Blanchard
Infographiste : Hélène Lamoureux
Correctrice : Catherine LeBlanc-Fredette

ISBN : 978-2-89751-370-2

Dépôt légal — Bibliothèque et Archives nationales du Québec, 2017
Dépôt légal — Bibliothèque et Archives Canada, 2017

Nous reconnaissons l'aide financière du gouvernement
du Québec par l'entremise du Programme de crédit d'impôt
pour l'édition de livres et du Programme d'aide aux
entreprises du livre et de l'édition spécialisée — SODEC

Financé par le gouvernement du Canada | Canadä

Imprimé en Chine

LA COURSE
À LA **MAIRIE**

PRESSES AVENTURE

CHAPITRE 1

C'est une journée bien
spéciale à Shopville.

C'est le début de
la grande campagne
électorale pour
la mairie.

Pommette se présente
aux élections.

Pour organiser sa campagne, Pommette a fait appel à ses grandes amies Glossy, Chocolette et Glacette.

Ensemble, elles préparent une vidéo de présentation.

«Bonjour! Je suis Pommette, fière candidate dans la première course à la mairie de Shopville», dit Pommette à la caméra.

«En tant que pomme,
j'ai à "cœur" les besoins
de mes concitoyens.»

Pommette s'arrête.

«C'est bon comme ça?»
demande-t-elle
à ses amies.

«Ça va, ça va!» répond
Glossy, impatiente.

Glossy dirige la campagne électorale de Pommette. Elle est très organisée, mais aussi très exigeante.

Chocolette, elle, préférerait aller s'amuser.

«Voilà Glacette, dit-elle.

Allons au parc!»

« Mais on n'a pas le
temps d'aller au parc ! »
s'exclame Glossy,
exaspérée.

Au même moment,
Glacette les rejoint.

« On va au parc ? »
demande-t-elle.

« Non, non et non ! »
s'écrie Glossy.

«On a un horaire super chargé», explique-t-elle.

Chocolette n'est pas d'accord.

«Voyons, Glossy, dit Chocolette, oublie la campagne électorale.

On peut dire que
Pommette a déjà gagné.
Elle n'a aucun
adversaire ! »

CHAPITRE 2

Pommette et Chocolette l'ignorent, mais, discrètement, Cooky mène sa propre campagne.

Alors qu'elle installe
une pancarte à l'entrée
de la ville, elle entend
un drôle de bruit.

Un hochet tombe juste
à côté d'elle.

«On ne lance pas le
hochet !» dit Grillette,
qui s'occupe de Tototte.

Et tandis que Grillette
récupère le jouet...
Catastrophe !

Tototte dérive
sur la rivière !

« À l'aide ! » s'écrie
Grillette.

Cooky entend son
appel.

Sans hésiter, elle agrippe sa pancarte et se lance à la rescousse de Tototte.

Grillette est soulagée.

Grâce à Cooky,

Tototte est sauvée.

Cooky saisit l'occasion pour remettre sa pancarte électorale à Grillette.

Cherche-t-elle à obtenir des votes ?

CHAPITRE 3

Pendant ce temps,
au supermarché, les
Shopkins discutent de
la campagne électorale.

«Pommette, as-tu choisi la chanson thème de ta campagne?» demande Glacette.

«Ma chanson thème?» s'étonne Pommette.

«Bonne idée! dit Chocolette. Oui, il te faut une super chanson officielle. Allons au studio de musique pour l'enregistrer!»

À ces mots, Glossy est découragée.

« D'accord, d'accord, j'ajoute ça à l'horaire », se plaint-elle.

« Mais avant, dit-elle,
il faut prendre des
photos... Souris ! »

Elle prend une photo,
puis deux, puis trois...

Pommette est aveuglée.

«Glossy, tu exagères...,
dit Chocolette. Tu es
la première à dire
qu'on n'a pas de
temps à perdre.»

«Pardon, les filles,
dit Glossy. Bon, passons
aux choses sérieuses.
Vite, toutes au studio
de musique!»

CHAPITRE 4

Réunies au studio de musique, les Shopkins s'affairent à composer une chanson pour Pommette.

Elles s'amusent bien,
mais le résultat laisse
à désirer...

«Arrêtez!» crie Pommette.

«Je crois que ça sonnait mieux dans notre tête, poursuit-elle. Je n'ai peut-être pas besoin d'une chanson thème.»

Ses amies tentent de l'encourager.

Au même moment, les
Shopkins entendent une
mélodie accrocheuse.

Ça semble provenir
de l'extérieur.

Les amies se précipitent
dehors et sont renversées
par ce qu'elles voient.

Une grande scène
a été montée sur la
place et un animateur
dynamique présente
une autre candidate
aux élections !

CHAPITRE 5

« Mesdames et messieurs, crie l'animateur, accueillez chaleureusement la future mairesse de Shopville, l'étonnante Youyou ! »

À ces mots, Youyou fait
une entrée remarquée.

Elle monte sur scène,
et la foule est en délire.

«Wow! dit Laitchouette.

Moi, je vais voter

pour elle!»

Pommette n'en croit ni

ses yeux ni ses oreilles!

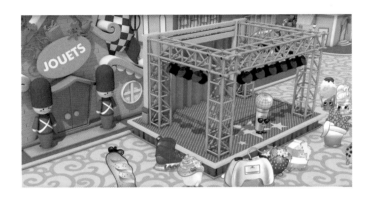

« Voici maintenant venu le moment que vous attendiez tous : le grand débat des Shopkins ! » lance alors l'animateur.

Le débat des Shopkins
opposera Pommette et
Youyou, qui tenteront
de convaincre le public
de voter pour elles.

À cette annonce, les candidates se retirent afin de se préparer pour le débat. Glossy encourage son amie.

« Sois toi-même, dit-elle. C'est tout ce qui compte. »

Au même moment,
Youyou arrive.

«Ne te laisse pas
intimider!» murmure
Glossy.

Pommette est
déterminée à commencer
l'échange du bon pied.

«Bonjour ! Je m'appelle
Pommette», dit-elle.

«Oh, Pommette !
s'exclame Youyou.
Je suis si heureuse
de pouvoir enfin te
rencontrer.»

«Moi aussi, Youyou !»
répond Pommette, ravie.

Elle est soulagée que
ça se passe si bien.

Soudain, Youyou s'approche et lui lance, sur le ton de la confidence : «On peut se parler, une minute ?»

Pommette se demande bien ce que veut lui dire son adversaire.

« Si je te disais un secret, est-ce que tu le répéterais à tes amis ? » demande Youyou, complice.

« Jamais de la vie ! s'écrie Pommette. Je ne le partagerais avec personne ! »

Youyou semble satisfaite de sa réponse.

«Je dois te confier que je suis super nerveuse pour le débat d'aujourd'hui», dit Youyou.

Pommette admet qu'elle est aussi très nerveuse. Et elle transmet à son adversaire les bons conseils qu'elle a reçus de son amie.

Les deux Shopkins
se serrent la main.

Ça promet d'être tout
un débat !

CHAPITRE 6

Les deux candidates
se retrouvent sur scène,
quand tout à coup...

Un projecteur se détache
et tombe droit sur la foule.

Les Shopkins sont
terrifiés !

Sans s'annoncer,
Cooky s'élance, telle une
superhéroïne, et attrape
le projecteur au vol,
sauvant de justesse les
habitants de Shopville.

« Merci, Cooky !
s'exclame Rollie. Tu
nous as sauvé la vie ! »

Encore une fois, Cooky
saisit l'occasion pour
faire un peu de publicité.

Les Shopkins sont
stupéfaits. Tout
s'est passé si vite.
Rapidement, ils se
ressaisissent, et le
débat continue.

«Sans plus tarder,
dit l'animateur, voici
la première candidate :
Pommette !
Alors, Pommette,
dites-nous pourquoi
nous devrions voter
pour vous. »

«Je crois être une citoyenne modèle de Shopville, dit Pommette. Et je vous promets de gouverner avec honnêteté et intégrité», conclut-elle sur un ton solennel.

L'animateur se tourne alors vers Youyou.

« Youyou, pourquoi devrait-on choisir un yoyo le jour de l'élection ? »

Youyou affiche un grand sourire et déclare : « Moi, je connais la valeur du partage... contrairement à Pommette ! »

Pommette sursaute. Elle ne comprend pas ce qui se passe.

Youyou déclare que
Pommette refuse
toujours de partager.

« Je lui ai demandé si
je pouvais jouer avec son
bateau téléguidé, et voici
ce qu'elle m'a répondu... »

Youyou sort alors un petit magnétophone et fait entendre à tous ce qu'elle a enregistré.

«Jamais de la vie !
Je ne le partagerais
avec personne !»

Les Shopkins sont horrifiés.

Pommette n'en croit pas ses oreilles. Youyou l'a piégée !

« Je n'ai même pas
de bateau téléguidé ! »
s'indigne Pommette.

L'animateur met alors
fin au débat.

«Merci aux candidates d'être venues se présenter», dit-il.

Pommette a le cœur gros. Comment réparer le tort causé par ce mensonge?

Pommette retrouve Chocolette et lui confie sa peine.

«Pourquoi a-t-elle
inventé ça à mon
sujet?» dit-elle.

«Allons, dit son amie,
les Shopkins savent
que tu n'es pas
comme ça.»

Tout à coup, les amies
entendent des voix.

Qui se cache derrière
la porte?

CHAPITRE 7

Pommette et Chocolette
observent la scène.
Youyou questionne
Fortuno : «Alors, Fortuno,
vais-je gagner l'élection

ou dois-je être encore
plus sournoise ? »

« Demandez de
nouveau plus tard »,
répond machinalement
Fortuno.

Youyou s'impatiente :
« Oh, peu importe !
Je vais gagner de toute
façon. Et, quand je
serai mairesse, je vais
imposer une nouvelle
loi qui obligera tout le
monde à se vêtir et
à agir exactement
comme moi !

Qu'ils soient chaussure, rouge à lèvres ou pomme, je m'en moque. Je vais transformer tous les habitants de Shopville en yoyos!»

Puis Youyou éclate
d'un rire malveillant.

Quelle horreur !

CHAPITRE 8

Chocolette et Pommette sont dévastées.

« Tu as entendu ça ? dit Chocolette. Je ne veux pas être un yoyo ! »

Les deux amies doivent récupérer le papier de projet de loi comme preuve des plans machiavéliques de Youyou.

Pas de chance !

Youyou a tout vu et a envoyé des drones destructeurs pour détruire la preuve !

«Cours, Pommette!»
s'écrie Chocolette.

Dans son élan, Pommette
laisse tomber le papier.

En moins de deux,

ce dernier se retrouve

déchiqueté !

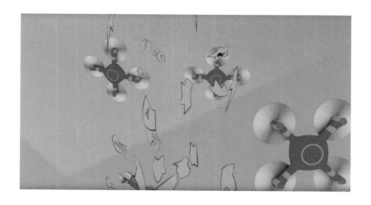

Pommette et Chocolette ont perdu leur preuve.

Youyou se félicite d'avoir pensé à tout.

«Ne craignez rien,
dit-elle d'un ton suffisant,
ce n'était pas la seule
copie. Meilleure chance
la prochaine fois!»

Et elle prend la fuite
avec Fortuno.

CHAPITRE 9

Pommette et Chocolette se précipitent au supermarché pour raconter leur mésaventure.

«Youyou a dit qu'elle allait tous nous transformer en yoyos!» explique Pommette à ses amies.

«Oh non !»
s'exclame Glossy.

«Il faut l'arrêter !»
s'écrie Fraisy.

«C'est affreux !»
dit Grillette.

Les Shopkins s'imaginent
le chaos qui règnerait
dans Shopville si tous
ses habitants devenaient
des yoyos.

Leur rêverie est soudain interrompue.

«Euh, Pommette,
viens voir dehors», dit
Glacette.

Les amies suivent
Glacette à l'extérieur.

Scandale ! Youyou a
dénaturé les affiches
de Pommette.

Pommette est dans
tous ses états.

« Ça suffit ! Il faut que
ça cesse, maintenant ! »

Pendant ce temps, elle ne se doute pas qu'une héroïne, dans l'ombre, vient à sa rescousse.

Plusieurs Shopkins sont témoins de la scène.

« Ma foi ! dit Feuilline. Réparer les affiches d'une concurrente, ça, c'est honorable. »

Cette fois encore,
Cooky distribue
quelques affiches,
juste en cas.

En effet, tous les candidats devraient avoir droit à une publicité honnête, non?

SPK

CHAPITRE 10

Pommette, exaspérée par les manigances de Youyou, se précipite à sa rencontre.

Elle l'interpelle : « Youyou ? »

« Qu'est-ce que tu veux, Pommette ? » dit son adversaire.

« Tu ne joues pas franc jeu, Youyou ! Et j'en ai assez ! dit Pommette. Je te convie à un duel de Shopquiz, là, tout de suite ! »

Comme il y a de nombreux témoins, Youyou sait qu'elle n'a pas d'autre choix que d'accepter.

L'animateur prend une nouvelle fois les commandes de l'échange.

«Shopkins de Shopville,
c'est l'heure du
Shopquiz ! »

L'animateur énonce
les règlements.

«Une mauvaise réponse, et vous êtes éliminée!»

Pommette est la première à répondre. Elle est un peu nerveuse, mais elle répond correctement.

Quand l'animateur questionne Youyou, celle-ci se tourne vers Fortuno pour avoir la réponse.

«Qui est la plus grande
designer de mode ?»

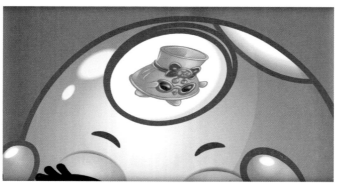

« C'est Chappy ! »
répond Youyou.

« Bonne réponse », dit
l'animateur.

Au tour de Pommette.

«Qui a remporté

le marathon

des Shopkins?»

« C'est Grillette ! dit Pommette, sûre de son coup. Chocolette a failli gagner, mais elle est tombée en bas du tapis ! »

« Bien joué ! » répond l'animateur.

« Youyou, que trouve-t-on dans l'allée 25 du supermarché ? » demande l'animateur.

« Demandez de
nouveau plus tard »,
dit Fortuno.

«Demandez de nouveau plus tard!» répond Youyou, sans réfléchir.

«Oh, mince!»

« C'était une question
piège ! dit Pommette.
Il n'y a pas d'allée 25
au supermarché ! »

Bonne réponse!

C'est Pommette qui

l'emporte!

Après ce palpitant quiz,

l'animateur reprend

la parole.

« Shopkins, vous connaissez maintenant vos candidates. C'est le moment de voter pour la mairesse de Shopville ! »

Oh là là...

Quel suspense !

CHAPITRE 11

Les Shopkins sont
fébriles. C'est l'heure
de voter.

Chaque Shopkin vote
pour sa candidate
préférée.

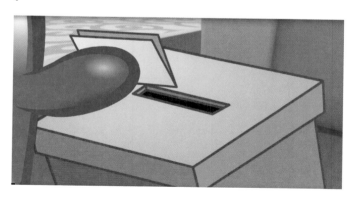

Après le comptage
des votes, l'animateur
est prêt à dévoiler
les résultats.

« Mesdames et messieurs, c'est incroyable ! dit l'animateur.
Les candidates sont à égalité ! »

Les Shopkins sont sans voix.

Que faire en pareilles circonstances ?

Cooky est bien renseignée. Elle informe ses concitoyens des règlements de l'élection.

« En cas d'égalité, tout candidat a la possibilité de donner des votes à un autre candidat », lit-elle.

« Je donne donc mes votes à Pommette ! »

Tout le monde
applaudit.

Pommette est élue
mairesse de Shopville !

CHAPITRE 12

Les Shopkins sont tout
de même déçus que
Cooky n'ait pas gagné.
Elle méritait vraiment
de remporter l'élection.

« Tu es une candidate exceptionnelle, Cooky ! dit Feuilline. Ce que tu as fait pour Pommette... »

« Que veux-tu dire, Feuilline ? » l'interrompt Pommette.

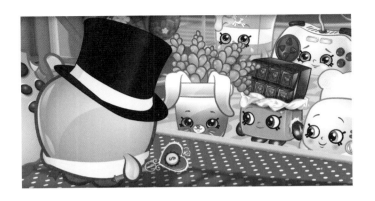

Feuilline lui raconte comment Cooky a fait le tour de la ville pour repeindre toutes ces affreuses affiches.

«Cooky, tu as fait ça pour moi?» demande Pommette.

Pommette est très touchée par le geste de Cooky. Elle a soudain une idée.

« Attendez ! dit-elle
à la foule. Pendant toute
la campagne, Youyou
et moi n'avons pensé
qu'à nous-mêmes. »

« C'est Cooky qui mérite de nous représenter ! ajoute-t-elle. Je donne donc tous mes votes à Cooky ! »

Qui l'aurait cru ?

La première mairesse

de Shopville n'est nulle

autre que Cooky !

CHAPITRE 13

C'en est trop pour
Youyou.

«Non, non et non!
C'est moi qui devais
gagner!»

« Ne pleure pas,
Youyou, dit Pommette.
Cooky est la meilleure
mairesse qu'on puisse
avoir. Nous deux,
nous devons tirer une
bonne leçon de cette
aventure. »

Youyou sait que
Pommette a raison.

«Je me sens tellement
mal!» dit-elle.

«La seule raison pour laquelle je voulais que tout le monde me ressemble, c'est parce que je n'ai pas tellement confiance en moi. »

Youyou comprend que ce n'était pas une bonne façon de se faire des amis.

«Youyou, tous les Shopkins sont différents. Mais c'est ce qui nous rend si spéciaux et uniques», explique Pommette.

«Merci, Pommette,
dit Youyou. Je m'en
souviendrai. Quant à toi,
Cooky, je te félicite.
C'est vrai que tu seras
une excellente
mairesse!»

Les Shopkins sont
contents.

La première élection
de Shopville aura été
haute en couleur...

Et les Shopkins
ont bien compris que
rien n'égale les qualités
du cœur !

FIN